心如玥

——那时走出田黄来

周君华 著

青岛出版集团 | 青岛出版社

图书在版编目（CIP）数据

心如玥 / 周君华著. -- 青岛 : 青岛出版社, 2024.

ISBN 978-7-5736-0776-8

Ⅰ. I267

中国国家版本馆CIP数据核字第2024LT5036号

XIN RU YUE

书　　名	**心 如 玥**
著　　者	周君华
出版发行	青岛出版社
社　　址	青岛市崂山区海尔路182号（266061）
本社网址	http://www.qdpub.com
邮购电话	0532- 68068091
责任编辑	程兆军
封面设计	田瑞新
制　　版	青岛乐喜力科技发展有限公司
印　　刷	青岛乐喜力科技发展有限公司
出版日期	2024年10月第1版 2024年10月第1次印刷
开　　本	16开（787mm×1092mm）
印　　张	3.5
字　　数	35千
书　　号	ISBN 978-7-5736-0776-8
定　　价	39.50元

编校印装质量、盗版监督服务电话 4006532017　0532-68068050

目 录

当代人的心理状态

当今的社会，科技发展日新月异。无论在大洋两岸，还是在天涯海角，音信传播一瞬万里。五彩缤纷的繁华城市里，高楼大厦林立着。灯火辉煌的大街上，车水马龙川流不息。如今，人们的物质生活越来越丰富，但有些人的内心精神世界，却越来越感觉空虚，甚至不知道人生的意义在哪里。

人从哪里来？又到哪里去？

　　时光总像林花谢了春红，太匆匆。在追寻梦想的道路上，我们也不要黑白昼夜、春去秋来忙个不停。有时候也应该清静下来，好好地悟一悟人生。古往今来，我们人是从哪里来的？最后又到哪里去？我们这辈子是来干什么的？当我们能够通透地明白了这些，那我们的内心就会比较清晰和安定。

　　那么，人是怎么来的？古代各家学说有不同的观点，他们从各自的角度与视野进行着思考，可以为我们提供一些参考。我们共处同一个天地，众生同源。《黄帝内经》里讲人以天地之气生，天地合气命之曰人。阴阳变化产生万物，这和老子《道德经》里道生万物的含义是相同的。道生万物，人也是自然的一部分，人应该也是从道中来，最后又回归大道。道生万物之后，一辈子不离开我们。当我们还在人间到处去寻道的时候，却不知道，道就在我们自己身上。只要能放下执念，正本清源向内求，三省吾身，就会渐渐明道。我们要做的事情，是明道，是知道，是行道。

如何真正找到自己的使命

"道不尽红尘舍恋，诉不完人间恩怨。"其实我们每个人来到这个世界上，都有自己的使命和任务，而不是渺渺茫茫地来又回。

我们每个人在这个世界上，会或多或少带着一点欠缺。为什么人和人不相同？因为每个人所欠缺的不一样，所以我们每个人要弥补的也是不一样的，因此我们不要跟别人比，没有什么好比较的。从这个角度看，职业没有高低之分。我这辈子是来做这个的，你这辈子是来做那个的，他这辈子又是来做那些的。我们大家配合起来，这个社会才会样样都有人做，然后我们做什么事情都很方便，整个世界才会变得多姿多彩。

众里寻"它"千百度，那我们的使命在哪里呢？我们这一生到底是来干什么的？我们就要花一些时间，冷静地想一阵子。首先要在我们应该做的、合理的范围内，去摸索喜欢而有意义的事情，就像摸着石头过河。当然也不能一直浪费时间在"河"里摸索。总会有一件事情，最多两件事情，让你做起来感觉到很有价值，很兴奋，让你做起来不知疲倦，使你感到心满意足，那就是你这辈子要做的事情。当我们用心寻找，终于找到这辈子的使命的时候，那我们的精神就会比较安定，内心也不再抱怨和迷茫。

那是 2022 年春天，当我从读的书中感受到中华古今圣贤的智慧，仿佛读了千遍也不厌倦，读它们的感觉就像春天。透过那些令人喜悦的经典和迷人的诗篇，我也慢慢领悟到了，那如同天上明月般的，千古中华智慧，正普照着、惠及着我们实际生活中的人间烟火。

杂念就像纷繁的万花筒

　　大千世界，芸芸众生，我们绕不开那人间的山河，也离不开那人间的烟火。对于家庭温暖、灯火可亲的我们来说，修养德行不用古案青灯，也不用遁迹山林。真正的修为应该在人群当中磨炼。

　　我们的真心本性能产生念头，这是自然显现，就像大海里的朵朵浪花，也是自然显现。所以我们不断思想，可是当我们脑海里杂念纷飞，念头一个接着一个往外冒时，要怎么办呢？当我们心中又生起杂念时，忽地一觉察，忽地一觉它不对，就立刻放了，在想的当下就放空，空了就不再想了。就在这忽地一觉过程中，我们本来的那个自然之性就显现出来了，心里自然也就清静自在了。

找回那份纯真，不忘初衷，正本清源

　　人们有了欲望，才能有愿心和动力去感受这个丰富多彩的世界。就像大海有了浪花，才能绽放出朵朵金色的光芒。所以，欲望是我们本性自然的显现。但是浪花飞得再高，也不要忘了自己来自大海。欲望飞得再高，我们也不能忘了我们的初衷，不然就会迷失方向。例如，人类最初发明货币，是为了帮助我们交易方便、改善生活。钱本是人们的工具，但是现在很多人把钱当作主人，迷失在金钱欲望里。用相对有限的生命，去过度追求无限的欲望，把自己累得筋疲力尽，这还是你最初想要的生活吗？外在的发展瞬息万变，沧海桑田，一切都在演变，你怎么可能一辈子都会满足呢？当一个人把所有精力都用在向外寻求时，那他内心一定是空虚的，这也是平衡之道。所以我们要及时回望一下，及时调整，不要越走越偏。

　　我们山一程、水一程地历尽了人间百态，阅尽了世间繁华，再回头才发现，依然忘不了的还是我们小时候那份亲切纯真的感受。伴着那"风里飘着香、雪里裹着蜜"，仿佛又回到了那个"春联上写满吉祥、酒杯里盛满富裕"的温情岁月。跟着那"小竹排，顺水流，鸟儿唱，鱼儿游"，仿佛又回到了那个"两岸树木密，禾苗绿油油，江南鱼米乡，小竹排在画中游"的梦里水乡。

在人生的道路上，在追求梦想的道路上，我们也要符合实际，很多事情要适可而止，量力而为。我们做事情需要尽心尽力是没有错，但是我们也应该明白，我们的时间和精力都是有限的。不要总是不顾一切地什么都想要，什么都去争。只要我们自己内心丰盈，有时候，无须过度外求。不一定非得拿到手里才叫有，不一定为我所有才叫有。我心里什么都有，有时候看到了心里就很满足，我的精神也是同样的喜悦，那我的内心也就有了。当我们能清心少念，能正本清源，心怀天下，以天下为己任时，就能慢慢地体悟到，心与天下万物融合为一。当你真正达到这种境界时，那世界也变得大了起来。

我的恩人，我的成长教练

很多事情，也许要等到时过境迁、时隔多年后，才会领悟其中的真意。"此情可待成追忆，只是当时已惘然。"

那是一个瑞雪纷飞的冬天，伴随着鹅毛般的大雪，我出生在山东济宁田黄镇凤凰山周边一个山清水秀的村子里。我还有一个姐姐和一个弟弟，我们在父母的呵护疼爱中幸福生活着。可是世事难料，在我五岁那年，妈妈因病离开了我们。当时我的记忆还是懵懂的，想念妈妈时也会悄悄抹眼泪：为什么别人都有妈妈，而我却没有妈妈了呢？那个时候，爸爸在城里上班，我们三个小孩就在爷爷奶奶家生活。后来爸爸在北宿矿工作，又找了个伴，也就是我的继母，赵母。赵母原来就有一个她自己的孩子，然后又依次把姐姐、弟弟和我接到她城里的家中，再给我们安排上学。

记得那是 1997 年的春天，在一个阳光明媚、春暖花香的日子里，赵母跟随父亲来到我们村子里。她给我穿上了漂亮的黄色小花边裙子，然后把我从家乡田黄镇接到她城里的家中。刚开始我也很兴奋，因为有姐姐弟弟围绕在身边，再加上小城市里的各种新奇与美好。但是随着时间的推移，我渐渐地发现，赵母的性格很要强，平常也很严格，而且她特别爱干净，总是隔三岔五洗衣物。那时家里虽然有洗衣机，但只是半自动的，衣物还是需要手工在清水里漂洗干净。记得每到学校放学，别的小学生都是欢快地往家里跑，而我却不情不愿地往家里走。因为一回到家，既要帮着洗衣服，又要常常被严格的赵母批评，好像这样做也不对，那样做也不对。慢慢地我开始对她充满了厌烦，那时总盼望着能快点长大，然后远离赵母身边。

就这样，在这种反反复复的磨炼中，我不得不成长。在不知不觉的时光里，我慢慢地发现，自己的内心被磨炼得越来越坚强，以至于有时候，我在外面受了冷落、受了委屈，也没觉得什么，心里受不到影响，也受不到伤害。再回头看看赵母，她还在日复一日、年复一年地养育着我们。当我们慢慢长大，赵母也渐渐变老了，而我的意志也被磨炼得越来越坚强。

"此情可待成追忆，只是当时已惘然。"多年后，我才渐渐明白，赵母给予我们的这份恩情是多么深厚，只是在当时，年幼无知的我不理解。她不就是我生命中的恩人吗？她不就是助我成长的教练吗？后来，我常常想：如果当时没有赵母，那我们年幼的姐弟仨会过得怎么样？如果当时不是赵母，又有谁会把我们年幼的姐弟仨，从小学，甚至从幼儿园，一步一个脚印地全部送到大学里？而当我快大学毕业的时候，赵母和父亲也因为性格不合，慢慢分开了。再后来，听说赵母也搬家了，距离我们家不远，静悄悄地生活着。

2009 年的春天，在机缘巧合下，我跟随学校实习组来到千里以外的青岛。校车到达青岛的第一天，青岛香港中路上，环绕着层层大雾，海面上云气腾腾，海边的青岛就像一座仙岛，仙气飘飘。从此，我就穿梭在这个五彩缤纷的城市里工作着。

2012 年的冬天，青岛又下起了鹅毛般的大雪，我和我的李先生就在这厚厚的瑞雪中相遇了。千里以外的人，在不经意间突然出现在眼前，而且越看越觉得亲切，越谈越合得来，于是我们相恋了。作为彼此的初恋，我们一路走来，稳稳当当，然后结婚有子。

梧桐树下

在家庭温暖、灯火可亲的温柔岁月里，有时候回头望一望，这一路走来，仿佛有一股神奇的力量，在悄悄地推着我前进。一切的显现都是那么自然而又恰到好处。如今，在青岛生活了多年，我始终没有忘记赵母，更没有忘记我那童年的故乡，那份心底最初的美好。

记得童年的春天里，闻着那一树树的花香，我就爬到奶奶家旁的杏树上，抬头仰望那片花海，如羽衣霓裳般的梦幻芬芳。

童年的夏天里，天空忽然下起了大雨。我会戴上爷爷的斗笠，拉着可爱的弟弟，蹦蹦跳跳地跑到院子里踩雨花。等一会儿雨停了，我们又欢快地跑到田地里，摘了香瓜摘甜瓜。

童年的秋天里，那时我和村子里的一群小伙伴，在我家大门前的梧桐树下，欢快地玩着跳绳，扔着沙包，还吃着香喷喷的烤地瓜。在神奇的大自然中自由自在地奔跑，似乎跑着跑着智慧就增长了。

童年的冬天里，雪花还在空中飞舞，树枝上挂满了沉甸甸的雪球，大地铺满了厚厚的积雪。我穿上爸爸给买的小皮袄，踩在厚厚的雪地上，和一群雪地里的"小画家"，欢快地画了枫叶画月牙。

我们都有一位共同的老师

春夏秋冬，日月星辰，山川湖海，都顺应着自然规律，循环往复生生不息。我们人也是自然的一部分，因此人也应该顺乎自然，依循规律。你不可能违反自然定律，还能够长久地生存发展。在以前，我们智慧的老祖宗，常常透过自然物象悟出来道理，并运用在人间事务上。

我们每一个人，都有一位共同的老师叫自然。道法自然。新时代与众不同的我们，也要正本清源，清心正念地向自然学习，通过自然道理来调整自己，来修正自己。

像清理手机一样清一清头脑

千江有水千江月，万里无云万里天。江河只要有水，就能映出天上的那轮明月。万里的天空如果没有乌云的遮蔽，自然就是万里的蓝天。就像我们芸芸众生，只要能随时放下内心被乌云蒙蔽的各种执念和烦恼，随时回归那个本自清静的本心，心中自然就现出万里晴空。

所以首先要把心清一清，如果你不清心、不正念，欲望太多，你那个本性就出不来。所以要时时勤拂拭，勿使染尘埃。不要让我们的心灵闭塞住了。

我们的手机，每隔一段时间需要清理一下内存。删除不必要的数据，清除过多过杂的信息，手机才会变得更加流畅，可用空间也变得更大。而我们的头脑，这么重要的地方，我们却很少整理过。观念不对，思路不清，头脑混乱，常常令人身心疲惫。所以我们要花一些时间，一个人在一个清静的空间里，定下心来，把自己的脑袋资料库，全部清理一遍。把那些不合理的观念、陈旧的执念、纷纷的杂念统统丢出去，轻装自如地渐渐达到心空。空了才更有灵感，才能与天地万物感应融合，才能使我们身心畅通。

融合大地的厚德，
承载万物

地势坤，君子以厚德载物。坤也指地，人生第一步就是要接地气，我们首先要向脚下的大地学习。大地像母亲一样，不仅承载着世间万物，还能无怨无悔地包容着一切。人类把垃圾把粪便丢进去，大地照样毫无怨言地吸收，还能把一部分化作肥料，滋养庄稼，来养育人类。如果我们能悟到大地的厚德，发自于本心的，心无挂碍的，没有目的，不求回报的，用宽厚的品德承载着世间万物，包容着芸芸众生，那我们的心胸也能像大地一样宽广，对什么事情都看得很开，那心中自然就会没有什么烦恼。

一个人的性格好，不是硬忍出来的，忍久了对身体也不好，而是像大地一样宽厚出来的。

融合上天的定力，
守护天下苍生

天行健，君子以自强不息。乾也指天，天空那么广阔，当智慧的古人看到广阔的天空时，就悟到了一个神奇的自然规律，那就是天的品性，都是始终如一坚定地向下看，守护着天下苍生。当今的我们也要与天地合其德，融合天地的品德，始终如一地为人民服务，为众生服务。如果只顾着拼命往上爬，那你的欲望就多了，烦恼就来了。因为人的欲望是无尽的，所以还是要清心正念、适可而止。

天的品性，还有着坚强的定力，我们看那辽阔的天空中，有几朵云彩在那里飘来荡去，可是却依然干扰不到天空的清净悠远，依然不受影响。所以我们也要学习上天的定力。如果定力足，就不会掉入各种陷阱。如果定力足，心不为所动，就不会被迷惑和引诱。反之，如果自己定力不够，也不要怨别人。

融合天地的精神，外顺内健

　　顺着天地之气，阴阳相合，我们来到人间。如果我们能够做到与天地合其德，能够融合天地的品德，吸纳天地的精神，顺应自然规律，外有坤的厚德，内有乾的刚健和定力，从而外顺内健，居家则充实丰富自己，外出则对人正心诚意，厚德和顺，那我们的人生就会平安顺达。

把大树的物象，
用在家庭伦理中

　　天地是我们的本，父母是我们的根。所有的事物，如果离开了天地、父母，都将一无所能。因此，我们要感恩天地，孝敬父母。父母是我们的根，如果没有父母，哪儿来的我们？所以我们要修德，就要先从孝顺开始。其实孝敬父母对我们是最有利的，这也是很多人的亲身体验。

　　家庭就好像一棵大树。我们的父母就好比那棵大树的根，我们的小孩就好比那树枝树叶，而我们就好比中间的那个树干。大家想一想，如果你要给大树浇水，那你应该先往哪里浇？我们应该把水浇到树根上，这样通过树干，把营养和水分输送到树枝树叶上。只有这样，才能使得整个家族的大树枝繁叶茂、绵延不息。根深才能叶茂。但是现在有很多人，浇水不知道要先浇树根，甚至做反了，重小轻老，把小孩宠成温室里的花朵，全家上下都捧着。甚至你往枝叶上浇水浇多了，就浇坏了，这不是本末倒置吗？将来孩子走上社会，经不起一点风吹雨打，内心那么脆弱能行吗？

身教重于言教，长幼要有序，你心中如果想不到父母，那你的孩子心中就想不到你。你是怎样对待父母的，小孩其实都看在眼里，他自然也就懂了，因为身教胜于言教。

把宝贵的中华文化，用在启蒙教育上

人一生下来就是迷迷蒙蒙的，所以要启蒙教育。启蒙以正，就是要把小孩启蒙到正道上。了解我们的优秀传统文化，不是单凭读了多少本书，因为读书是为了明理，重要的是明白其中的道理，领悟到书中的精髓，我们在传承的时候，要传的是内在的精神。

小孩一岁左右，一般用哭来发脾气，表达需求，家人通常是围着团团转。小孩三岁以后，他再哭闹，父母如果不是那么着急地哄着，就没效果了。小孩发现哭闹没有用，他就会改变方法。此时，如果你完全不限制他，对他有求必应，就渐渐演变成溺爱纵容，他的要求就会越来越过分。如果你对他不好，对他无情，他可能就疏远你。当孩子发现跟父母生气没有用，他就极可能很泄气，面无表情，没精打采。有些父母就又开始紧张担心了，如果再次过度包容他，结果等他长大了，又会跟父母斗气了。

父母教育小孩，首先要看懂小孩常用的三步——生气，泄气，斗气；然后再去合理地教育。我们要善用宝贵的传统文化，遇事

从根源上找方法。我们中国人要么讲理，要么讲气。外国人一想到气往往只想到空气，而智慧的中国人所讲的气，还有跟空气不一样的含意。

"履霜坚冰至。"在深秋的季节，当你走在田野里，一脚踩到草丛里的霜的时候，你心里就要想到，后面是冬天，可能大风雪要来临了，厚厚的坚冰要出现了。这是大自然的一个物象。我们把它的道理用在教育小孩上，也是很实用的。例如，当你发现你的小孩品行有些不正或者有别的不良苗头时，你马上就修正他，强烈地修正他，于是他几乎不敢再犯错。当你在严厉修正孩子时，最怕此时有其他亲属跑过来，是非不明地愚善地替小孩辩解，或者来温言相劝，那几乎是没有用的。如果等将来看到孩子走错路时，你再去后悔当年的错误观念，就已经太晚了。所以履霜坚冰至，要戒之初。要趁着孩子青春期以前好好地教他。孩子进入青春期以后，他的生理和心理上都有很大的变化，那个时候再想好好教他，也不是不可以，但是会更加劳神费力。

用阴阳之道，
来为感情做参考

中国传统文化认为有阴就有阳，而且阴阳是不分开的。阴阳之道就是传统辩证法。

阴阳之道所衍生出来的道理，有时候也可以为我们的感情做参考。我们每个人都是既有阴又有阳的，阴阳是不分开的。但是我们也可以分析一下自己，在感情方面，脾气性格，是阴显现得多一点，还是阳显现得多一点？

一个男孩子，如果他的性格比较刚强、果敢，带有一股阳刚主导性力量，那他相对比较适合一个性格比较柔和，能平衡他的女孩。阴阳也不是固定的。也可能有一个男孩子，他的性格比较优柔寡断，比较随和，没有主见，那他相对比较适合一个内心沉稳坚定，思想比较有主见的女孩。阴阳各有各的作用，阴阳互补，相互配合达到平衡，感情才会更加和谐稳定。

用阴阳之道，
来化解家庭矛盾

　　阴阳之道所衍生出来的道理，运用在家庭生活中，也是实用而有意义的。经历了柴米油盐的人间烟火，即使情投意合的夫妻，也不可能一直没有争吵。两个人来自不同的成长环境，有着不同的人生经历和不同观念，偶尔争吵是正常的。如果夫妻吵架时，两个人硬碰硬，那么吵破天花板也没有用。当情绪激烈时，更容易扭曲夸大吵架内容，此时吵再多都没有用。

　　夫妻吵架时，当一方大声吵，那另一方可以先把声音降低。他吵的声音越大，那你的声音就越小。他声音再大，你的声音就再小。那他就感觉不好意思了，然后他的情绪会渐渐缓和，他的声音也会越来越低。他声音低了，你就把心里的情绪表达出来。此时，因为他的情绪缓和了，你也把情绪宣泄了，大家都把心里话讲出来了，问题可能就化解了。

　　阴阳之道是一个非常实用的道理。争吵就在这一刚一柔、一张一弛的气氛中平衡了。大家的情绪都变温和了，生活中的问题也就大事化小，小事化了。

用阴阳之道，
来保护好自己

　　凡事都要有个合理的度，我们待人要正心诚意，但有时候也不要卑顺过头。善良没有错，但不明是非的愚善，所带来的后果也是不好的，因为有些人会动歪脑筋。环境随时在变，人心是不可测的。例如，当你出门在外，如果你带了一瓶水，那你就要尽量拿在自己手上，不要让水瓶远离了自己的视线。假如一旦有人动了歪脑筋，假如你又毫无戒心地把水喝掉了，那不是很倒霉吗？害人之心绝对不能有，但防人之心却不可无。有时候，灾害的发生，除了一些外在原因，还有可能是因为你没有警戒心。我们要懂得保护自己，防患于未然。

用阴阳之道，
来增进身心健康

　　阴阳之道，对于我们的健康来说，也是非常有用的。阴阳一定要和谐，阴阳达到动态平衡，身体才会健康。"天之大宝只此一丸红日，人之大宝只此一息真阳。"阳气对于我们无比重要。我们生命的过程，也是从刚出生时阳气很足，然后随着年龄的增长，阳气慢慢减少的过程。人的生命之气，是可以和天地之气相贯通的。当白天的阳光和夜晚的月光经常被蒙蔽的时候，或者当你没有顺应自然的节奏来调整自己时，相应的阴寒之气就会进入人体，导致阳气不足，气血不畅，身体就容易出问题。如果我们能顺应天地自然规律，与天地合其德，与日月合其明，就会阳气充足，正气内存，邪不可干，那么即使外面有点虚邪贼风，也不容易侵入我们体内。

　　人的精神和自然是相互感应的。当苍天很清静悠远，当大地丰厚稳固，当春夏秋冬轮转有序，当天气风和日丽，人的精神就相对比较平顺、稳定。

人的思想和自然是相互融合的。当我们仰望那广阔的天空时，虚空一片。空了才会有灵气。人如果能够随时像天空一样恬淡虚空，那思考才会更有灵感。如果能随时把我们的灵动意念，和大自然的清虚之气结合起来，陶冶情操，我们就会感到心旷神怡，神清气爽。

人的身体和自然也是对应的。例如我们的肠道，也要向大自然学习，要随时保持清虚，"搏而勿沉"，不要在体内累积一些东西。保持代谢畅通，才能使我们的身体像大自然一样清盈灵动。

用阴阳之道，
对待家里子女和芸芸众生

用阴阳之道所衍生出的道理，对待家里子女和芸芸众生。大隐隐于市，要在人群当中修养德行。我们要提升修为，当然离不开身边的芸芸众生。

都说人世间的财帛和儿女最牵动人心。那我们回想一下，我们对待自己的子女什么样？对待芸芸众生又是什么样？如果你能真正做到，对待自己的子女像对待芸芸众生一样不会迁就纵容，而对待芸芸众生也能像对待自己的子女那样，把心放大，包容着，慈爱着，那你的修为就有些功夫了。

"横看成岭侧成峰，远近高低各不同。"站在人群中，也如看山观景一样。我们要基于每个人的不同角度，每个人的不同位置，每个人的不同层次，来跟他呼应。因为每个人的立场不一样，他的感受就是不相同的。当你真正达到这种境界，回头再看家中的子女，也会在不知不觉中，把他磨炼得内心越来越坚强，在社会上也会能屈能伸地应对各种情况。而芸芸众生，也会因为你品德的提升和正能量的增加，而自然地对你释放亲切友善。即便是曾经的坏人，在你面前也变成了好人。你会发现，以前的种种不如意也在悄悄变好了。

用阴阳之道，来利用自然资源

月盈则亏，水满则溢，这都是自然现象。生活中的我们，人人都希望花好月圆。但有时候，花未全开，月未全圆，也是一种人生的美好境界。花朵在含苞待放的时候，那自然还有美好的等待。月亮在还未全圆时，那还有一心向往的期盼。花朵一全开，就意味着快要谢了，月一全圆，就意味着快要缺损了。人生也是一样，有时候在心里留下一点遗憾也是美好的。

盛极必衰，物极必反。我们做任何事情都要有个合理的度。适可而止，留有余地。大到对待整个地球上的资源，小到身边的为人处世，都贵在留余。人类只有一个地球，世人共处一片天地。新时代的我们，一定要有意识地保护整个地球的自然资源。这是我们的地球，经历了万古千秋，沧海桑田，日积月累，才逐渐形成为人所用的各种宝贵资源。

当我们看到地面上的东西越来越多时，其实地下的东西就越来越少了，因为自然本来就是平衡的。人类需要工业，但不可以过度工业化。过度工业化会造成过度生产，过度消费，过度消耗整个地球的资源。如果当地下的矿产资源快要被人类掏空时，那人类将怎样持久发展？大地也需要保持平衡，掏空了不还需要再填满吗？如果矿区的地表只剩下薄薄的一层，那附近的村庄和百姓都会跟着遭殃，那你的良心还会安定吗？不要把子孙的福气提前消耗了。东方自古就有留余文化："留有余不尽之财以还百姓，留有余不尽之福以贻子孙。"

在平常生活中，做人做事也贵在留余。凡事不要太过，人生不求太满，不要把所有好处全占了。有时候，能饶人处还是要饶人，给别人留了情面，也替自己留了后路。这也是一种传统美德。

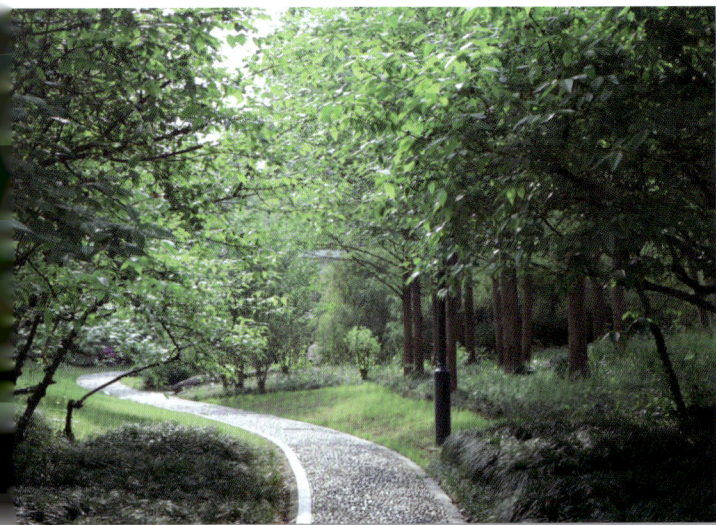

融合山川的含章之美

看了春花秋月，再来看一看连绵起伏的青山。山是这世间至大之物，但是山根都藏在大地中。可想而知，山的厚德、山的能量有多大。

埋在土里的大石头，不但不露出来，还能存得深，越养越厚重。而露在外面的那些山石，随着逐年风化，渐渐变小，自然而然越露越小。从大自然山川物象中，我们就悟出了一个道理。这告诉我们，做人要像大山一样谦虚，要把我们的气含住，要把我们的心神守住。这本身就是在养着我们自己的能量。不要有点本领就显山露水。

有德而不居为谦。对上不把功劳揽在自己身上，对下能谦以待人，这也是一种含章之美。做事凭着自己的良心，对待有钱人和没有钱的人，在心里都是一视同仁，这是真正的有礼之人。

融合大海的广阔胸襟

　　看了锦绣的江山，再来看一看辽阔的大海。大家还记得吗？"泉水泉水你到哪里去？我要流进小溪里。溪水溪水你到哪里去？我要流进江河里。江水河水你们要到哪里去？我们都要流进海洋里。"这就是大海的胸襟，海纳百川，有容乃大。无论泉水、小溪，还是江水、河流，最后往往汇入大海，与大海融为一体，同时也成为大海。

　　我们也要有大海的胸襟，不要被外在的形所束缚。有时候，真理可能就在清洁工的一句话中，在农民伯伯的一句话中。如果你能随时怀抱这种心态去求知，那你就会像大海一样，将所有河流都能容纳进来。

　　"问渠那得清如许，为有源头活水来。"站在包罗万象的易学的角度看，儒道释各有所长。它们只是面对不同人群，因应不同的需求，起到各自的教化作用，显现出来的相不一样。但百川到海融为一，站在易学的角度看，它们在根本道理上是互通的。

融合江河的婉转

看了广阔的大海，再来看一看奔流不息的江河。我们发现大自然中所有的河流，几乎都是弯弯曲曲的。上天有好生之德。如果河流从这边一出来，那边直接流到海里，那根本就不便利用嘛。结果它就这样弯弯曲曲慢慢流，于是有更多的水为民众所用，滋养了更多的土地。山脉也没有笔直的——这又是大自然的一个物象。如果太陡，那谁也爬不上去呀。山路也这样弯弯曲曲的，我们转个弯慢慢爬，再转个道慢慢爬，就爬上去了。

人生的道路也是百转千回。我们遇到挫折，道路不通的时候，人要转一转，人不转的时候，那心也要转一转。自然物象本来就是弯弯曲曲的。我们要学习山川河流的婉转，有时候不可以太过刚直。在平常生活中，我们对周围的人和事，心里面几乎都是清清楚楚的，但话到嘴边，还是要含蓄地留有余地。是非如果能不讲出来，就尽量不要讲出来，这才叫免于是非。如果你到处乱讲，那就会招惹是非。我们内心要坚持正念原则，但是言行还是要和颜悦色。

像水一样清滢灵动

看了蜿蜒的河流，再来看一看灵活自在的水。黄河之水天上来，水有无比的力量。上善若水，水善利万物而不争。水最接近道。我们要修养德行，当然要向水学习。老子讲到水有七德：居善地，心善渊，与善仁，言善信，政善治，事善能，动善时。如果常常朝着这几方面修炼的话，会有效提升我们的品德修养。

大自然中的水，还有行险之道。世界上最深的地方，最远的地方，人类都不愿去的地方，水都愿意待在那里。这是一种不畏艰险的品性，就像一些奋不顾身、救人于危难的人，让我们发自内心地感到敬佩。

水又是随缘自在的。大自然中的水遇到低温就凝结成冰，回到常温又融化成水，加到高温还能汽化。就像我们原本那个本自清静的本心，也是像水一样，只是后来因为长期加深的执念，就凝结成了厚厚的冰。我们看那灵活的水多自在，可是坚冰却不自在，但是它们在根源上还是同一种物质。如果我们能把坚冰一样的执念，融化成自在的水，那我们的内心就灵活自在了。

在现实生活中，也要有水一样的灵活思维。例如，平常出门在外，我们不要轻易跟别人发生争吵。时代在进步，社会在发展。我们也应该反过来想想，你以往的吵架，吵出什么真理来了吗？动手打架，打出什么幸福来了吗？公道自在人心。只要你是没有道理的，即使吵赢了也没有用；只要他是没道理的，他吵赢了也没有用。我们不要把精力浪费在没有意义的事情上。即便有时候你真是有道理的，也要根据当时的情况，像水一样灵活应对，因为你不知道对面的人当时的精神和情绪状况如何，会不会让事态

发展到不可控的地步。所以我们要有水一样的灵活思维，面对不同状况都能够像水一样自然而然顺势而为，随机应变保护自己。

有时候，我们需要的不是理直气壮，而是理直气和。和了才能暖化对方的心，才能把生活中遇到的麻烦，大事化小，小事化了。

良辰美景都是缓慢的

　　仰望日月星辰，踏遍山河大地。世间还有许多美好的事物，也是在让我们醒悟。我们看那些良辰美景，其实都是缓慢的。太阳是冉冉地从东方升起，花儿是一朵朵地绽放，果园里的苹果是渐渐成熟，月亮是悄悄地守在你窗外。其实我们的生活也是一样，事缓则圆。当今社会的生活节奏越来越快，快到你都没有时间，去感受一下沿途的鸟语花香，快到你都没有意识，去体会一下身边的温情，快到你好像都忘了，生活本来应有的模样。

　　大器是晚成的，幸福也可能是姗姗来迟的。明天的太阳照样从东方升起，你急什么呢？现在很多人的内心，都是急于求成，却不知道这世间许多的美好，都需要等待。有时候事情缓一缓才能更圆融。任何问题来到面前，先不要冲动地立刻去解决。你要先冷静地想一想，为什么会这样？先缓一缓，然后再去合理地解决。有时候经过两三天的沉静，大家内心就平和了，一些想法可能就改变了，而这一劫可能就过去了。时间会化解许多事情。就算当下的结果非你所愿，相信在未来也会慢慢地变好。就像现在的我们，还纠结几年前的事情吗？

从前的车马很慢，路途也很遥远。一张贺卡，一封信件，都会迟来很多天。可是牵了手的情缘，往往就是一辈子。现在世间繁华，人潮拥挤。科技发展日新月异，音信瞬间万里，拉近了人与人的距离，却疏远了心与心的距离。人生的道路总是百转千回，真正美好的事物确实值得等待。

慢品人间烟火色，闲观万事岁月长。我们要学习古人的智慧。

就像翻来那些古老的典籍，穿越千年的时光，依然熠熠生辉，为我们指引着前行的方向。

沿着五千年历史文化长河，追寻三千年诗韵芬芳。让我们斟满一杯桂花酒，推开那扇小轩窗，伴随着昨夜星辰昨夜风，一起去感受那些流转在我们心间的千年之美：那是"大江东去，浪淘尽，千古风流人物"的壮阔之美；那也是"竹杖芒鞋轻胜马，谁怕？一蓑烟雨任平生"的潇洒自在之美；那是一抬头的"云中谁寄锦书来？雁字回时，月满西楼"的期盼之美；那也是一转身的"众里寻他千百度，蓦然回首，那人却在灯火阑珊处"的朦胧之美。

蓦然回首，
那就是生命中的贵人

在灯火人间，我们都希望能遇到生命中的贵人。可是当贵人悄悄来到我们身边，我们又很难发现他就是贵人。也许当我们把身边的贵人赶跑以后，往往才领悟到，原来他就是我们生命中的贵人。

万事万物都有它的发展规律，有时候我们以为遇到了生命中的狂风暴雨，但也许那是大自然正在浇水施肥让我们成长呢。其实每一次经历，每一种磨难，都是在教会我们什么，或者是来唤醒我们什么，关键是我们自己要会"看"。

例如，当你碰到感情上的烦恼痛苦，当你总是卡在某个地方走不通，而你自己却没意识到，这些让你难受的人和事，就像你生命中的教练，一下子就戳到你这个痛点上，一下子就点到你被堵住的思维上，让你知道这个地方不通，让你难受，让你反省。你不要去怨恨别人。当你开始向内反省，向内去观照自己那个痛点，打通那个执念的根源后你就通了，而通了就不痛了。虽然别人对我们内心有伤害，但能让我们产生痛苦执念的地方，从此疏通了，以后就会不再难受了。我们想想，那个人是谁？他可能在不知不觉中帮我们打通了思想的这一窍，然后又悄悄地离开了。而他不正是我们生命中的贵人吗？那正是我们成长中的教练呀！我们不要被各种各样的表象所困住，我们要透过层层表象，看到事物背后的那个真相。

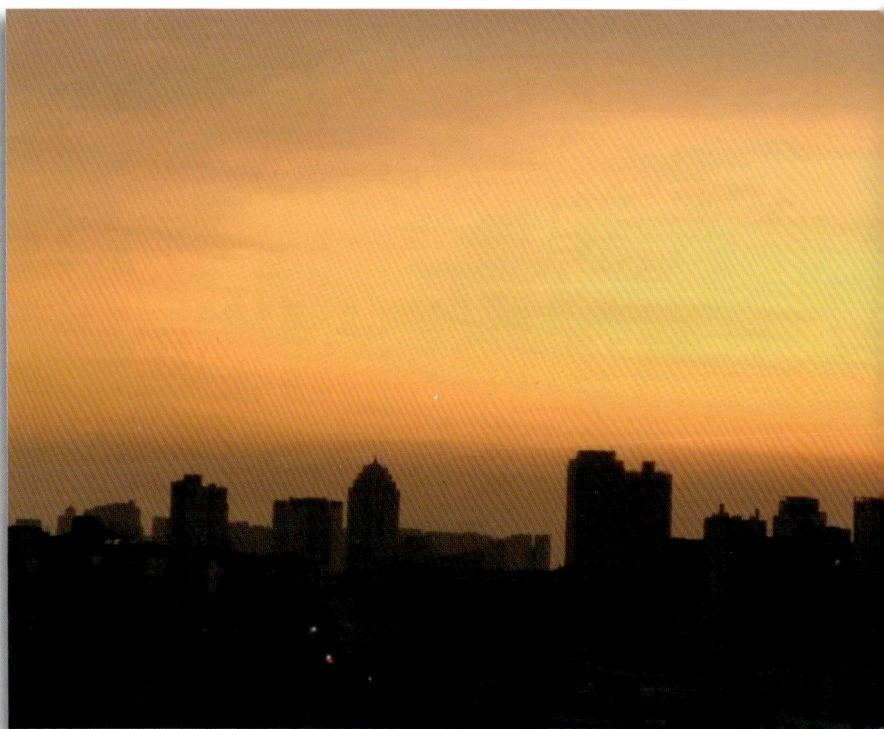

从自然的角度看，
什么是无为？

从自然的角度看，什么是无为？无为就是没有违背自然。顺应着自然规律，好像没有刻意去做什么，但宇宙万物都在这个自然的道中生生不息。我们做任何事情，起心动念不要违背了天地自然规律，也不要违背了天理良心。就像流水下山非有意，片云归洞本无心。清澈的溪水奔下山涧，只是顺着它的本性。片片白云在山间飘荡，也不是有意而为。我们如果也能像云水不经意般随缘自在，凡事都不过度执着，内心便是轻松愉悦的。

例如，帮助别人时，自然而然地去帮，而不是还想着要有什么回报，或者对自己有利益。刻意为之就不是真正的厚德。真正的厚德是像大地一样，无怨无悔，没有任何条件，自然而然地去帮助别人。有德而不显露的含章之美，让我们真正体会到，内心如云水般的愉悦自在。

从本心的角度看，如何放下？

空并不是什么都没有，你本自清静的真心就是空。你的心能显现出森罗万象，而这些跟空其实是一体的，因为都是心显现出来的。

我们的烦恼，也只是自己心中所产生的幻影，在不断扰乱着自己。长久以来，我们都是被心中这些幻象所束缚。别人并没有实际跑进你的心，是你的心显现出别人的影像。当你讨厌别人时，

其实你讨厌的，只是别人映在你心中的影子。当你憎恨别人时，你憎恨的，还是别人映在你心中的影子。所以，真正的痛苦，是因为太执着。纠结内耗实际上是我们自己在伤害自己，自己在折磨自己，而他人一点感觉都没有。那我们为什么，还总是揪着自己的心不放下呢？

什么才是最可靠的？

人为什么要修己？到底什么才是真的？什么才是生生不息的？

既然从本心的角度看，万象都是心的产物，那我们为什么还要去忙？要忙，一定要忙，因为我们是借事练心，不然真修不了。我们必须通过大千世界的森罗万象，来千锤百炼地提升自己，才能修到真的东西，而真的东西就是我们看不见的道德。一切看得见的东西，都是出生时不带来，最后也带不走的。只有我们看不见的道德，会跟随着我们的灵魂生生不息。世界上有阴就有阳，有看得见的部分，就有看不见的部分。也许有人不相信有灵魂，当你静下心来，问问自己的内心深处，你真的是一个没有思想、没有灵魂的人吗？

所以修德才是真的，修己才是最可靠的。我们反过来想想：长久以来，有没有人因为你的抱怨而改变？有没有人因为你的发怒而改变？有没有人因为你气得快要精神崩溃而改变？所以要改变任何事物，最有效的办法，就是先改变自己。修己才是最可靠的，最有用的。面对任何事情，先回过头来问问自己，检讨自己，改变自己，然后才有可能调整对方。

修德修己，可以修正人生之路。人的心是灵活的，只要心一改正，观念就改正了。只要观念正确，那么言行都会跟着正确的观念而步入正道，然后人生也就慢慢地越来越顺当。

修德修己，还可以福泽子孙。祖上有德是我们成功的基础。即使拥有再多的财富，也需要有代代传承的厚德，才能够承载得住。"积善之家必有余庆，积不善之家必有余殃。"德全了才能不危。

修德修己，还可以求得最后的心安理得。有时候，我们看到，同一对父母，同一个时辰，所生的双胞胎却不一样。资质不同，智慧不同，也是大家常说的天生不一样，也就是先天带来的东西并不一样。这其中的道理，我们要好好地悟一悟。品德才是我们的护身符。所以我们要正心正念地好好修德，修到最后心里既没有愧疚，也没有恐惧，修到最后自然能够心安理得。

海上生明月，天涯共此时

人类只有一个地球，世人共处一片蓝天之下。人类是相互依存的命运共同体。小到一个社区的集体意识，大到整个人类的集体意识，都是息息相关、相互影响的。上天有好生之德，无论如何，我们起心动念都要往好的方向去努力，使得整个宇宙演化越来越好。

万物都有它的用途，怎么能任意破坏呢？例如，大自然把远古的细菌阻隔在原始的热带雨林里，也保护了我们人类，可是有人偏偏去砍伐热带雨林，去破坏热带雨林，从而破坏了生态环境。有些远古的细菌，可能就因此散出来了，走向世界，影响着生态平衡和人类健康。

这是一个崭新的世纪，新时代的我们一定要有意识、有思想地来净化自己。感恩天地，敬畏自然，把我们的净化观念也扩大到整个宇宙，基于命运共同体意识，与天地万物建立和谐共生的关系。

用辩证法导正科技发展方向

科技应当顺应自然规律去发展。近些年来，某些地方过度工业化导致的后果到今天依然存在。大气污染，生态系统破坏，资源过度消耗，全球过量的汽车尾气排放，加剧了温室效应，也加剧了气候异常。人要有创造力，人要有自主性，可是有些人在发挥创造力和自主性时，忽视伦理道德，也不懂得人应该顺应自然循环规律去创造，忘记了我们人也是自然的一部分。如果科技违反着自然循环规律去创造，那对人类的危害也是后患无穷的。

科技有对人类有益的部分，也有对人类有害的部分。关键是要怎样去扭转，怎样去转化有害的部分，从而发展出一种全面性的科学。例如，塑料容易制造，不容易降解。那些废弃在地面和水面上的塑料，严重影响着地面生物和海洋生物。再如，人是自然的一部分，生命活动也是一种自然现象。科技再怎样发展，也不能违背自然循环规律。因此，科技不能过度介入人的自然生命规律。不要让科技偏道而行，甚至盲目发展到人类无法控制的地步。不要让我们的地球，逐渐丧失了自我修复能力，从而导致灾难频频发生。现在全球的居民都在渐渐地醒悟，越来越自发自觉地保护我们共同的地球。

假如有一天，整个陆地淹没到海里，那我们人，将如何安处？这就是过度工业化和过度商业化造成的一种隐患。人类需要工业，但不需要过度的工业化。人类需要商业，但不应该过度的商业化。人类需要科技，但科技的发展方向需要适时调整。可持续的发展之道，就是善用中华智慧，导正科学研究方向，使科技长久地造福于人类。

我们的宝物就是伦理道德

我们需要珍惜的一样宝物就是伦理道德。无论物质文明怎样发达，还是精神文明如何建设，都离不开伦理道德作为共同的根基。否则，即便外在的物质世界极其丰富，内在的精神世界依然空虚。

"上天有好生之德，大地有载物之厚。"而我们人的责任，就是要顶天立地，赞天地之化育。我们要融合天地的厚德，让这个地球越来越好。这是我们的责任。能与伦理同行，我们是幸运的。

在这个千载难逢的好时代，我们可以很深刻地了解到人生的一切。"问渠那得清如许，为有源头活水来。"遵循伦常，我们都可以受用很多。

天佑中华

我们慢慢地感受到，放眼全世界，很难找到一种文化能像中华文化包容性这么强。中华文化不极端，中华文化能够在同当中尊重异，在异中求得同。中华文化能够使得异域文化和本土文化兼容，和而不同，源远流长。

"踏遍青山人未老，风景这边独好。"纵观天下风云，外面的世界纷纷扰扰，我们是相对安定的。生在红旗下，长在春风里，

新时代的我们生逢盛世，何其幸运。

顶天立地的中华儿女，应该同心同德，弘扬宝贵的优秀的中华文化，发扬到世界各地。善用现代的科技，重视伦理道德，自发自然地做到人人自律，又正心正念地各凭良心。那么五湖四海，天下一家，我们都会和谐进步又欢欣。